تحسين النوع
واللون وجعل
الرأس نحيفًا
طق

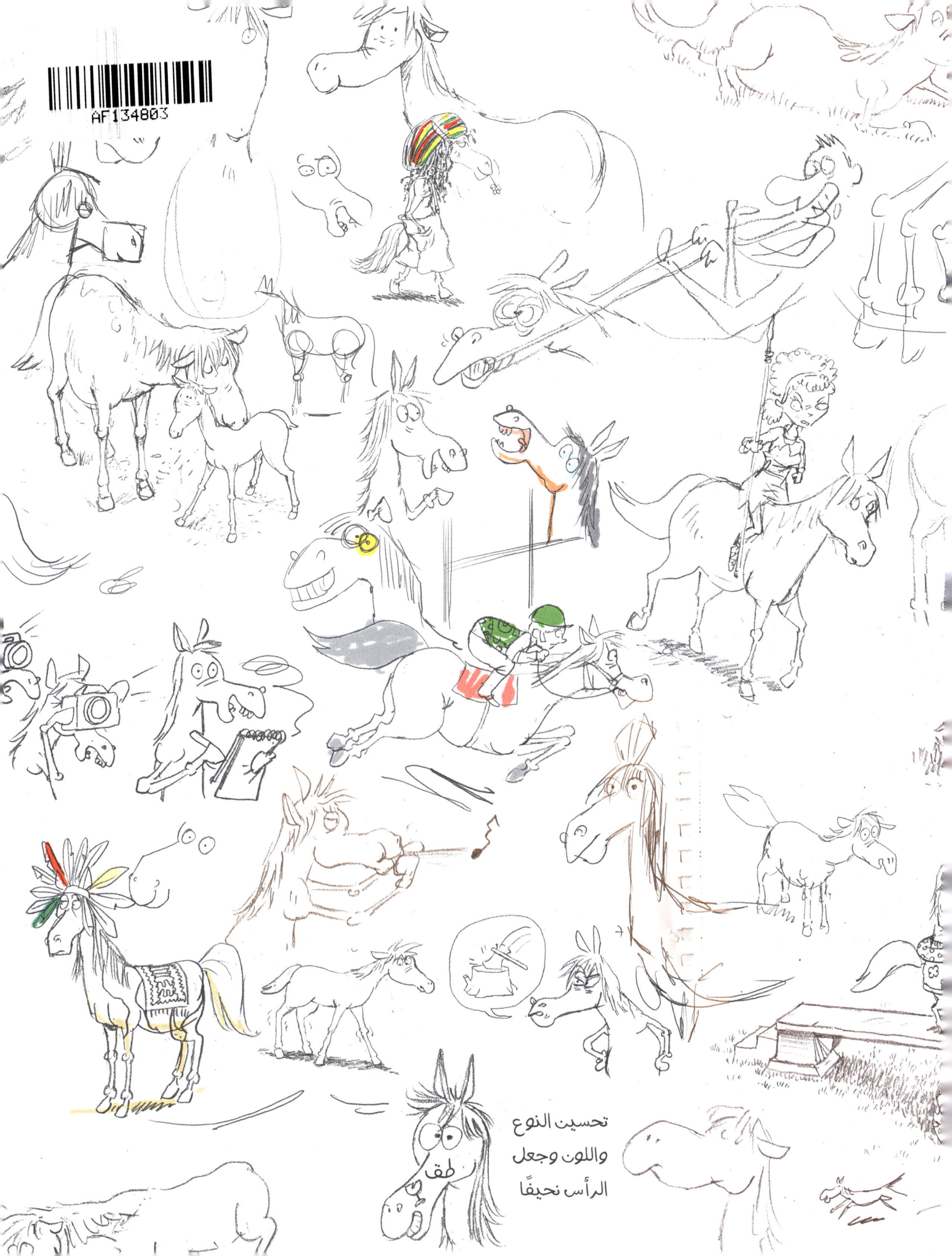

دار جامعة حمد بن خليفة للنشر
صندوق بريد 5825
الدوحة، دولة قطر

www.hbkupress.com

Tout sur le Cheval
Text Copyright © Antoinette Delylle
Illustrations Copyright © Grégoire Mabire

Tout sur le Cheval © Edition Le Pommier/Humensis, 2015

جميع الحقوق محفوظة.
لا يجوز استخدام أو إعادة طباعة أي جزء من هذا الكتاب بأي طريقة دون الحصول على الموافقة الخطية من الناشر باستثناء حالة الاقتباسات المختصرة التي تتجسد في الدراسات النقدية أو المراجعات.

الطبعة العربية الأولى عام 2022
دار جامعة حمد بن خليفة للنشر

الترقيم الدولي: 9789927161162

تمت الطباعة في الدوحة-قطر.

مكتبة قطر الوطنية بيانات الفهرسة – أثناء – النشر (فان)

دوليل، أنطوانيت، مؤلف.

[Tout sur le cheval]. Arabic

كل شيء عن الحصان / تأليف أنطوانيت دوليل ؛ رسوم غريغوار مابير ؛ ترجمة ريما إسماعيل. الطبعة العربية الأولى. – الدوحة، دولة قطر : دار جامعة حمد بن خليفة للنشر، 2022.

صفحة ؛ سم

تدمك: 978-992-716-116-2

ترجمة لكتاب: Tout sur le cheval.

1. الخيل -- أعمال للأطفال. 2. الكتب المصورة. أ. مابير، غريغوار، رسام. ب. إسماعيل، ريما، مترجم. ج. العنوان.

SF285. D45125 2022

636.1 – dc23

202228445855

كل شيء عن الحصان...

تأليف: أنطوانيت دوليل   رسوم: غريغوار مابير

ترجمة: ريما إسماعيل

دار جامعة حمد بن خليفة للنشر

HAMAD BIN KHALIFA UNIVERSITY PRESS

المؤلفة

أنطوانيت ديليل صحفية وفارسة. ألَّفت العديد من الكتب عن الخيول:

- ما الذي تخبرنا عنه الخيول، لو روشيه، 2013،
- ومجموعة «حصاني وأنا»، بيلين،
- و«موسوعة الفرسان»، غروند، 2014.

وتستمد من توأمها ميستريا وبابيت الإلهام للتدوين عبر مدونتها:

www.monchevalmedit.com

المحتويات

مرحبًا بكم في عالم الأحصنة. **6**
من أنت أيها الحصان؟ **7**

الفصل 1، لطيف للغاية ويقف فور ولادته **8**
ولادة المهر 9
اكتشاف العالم 10
في مدرسة اللعب 11
أحصنة من كل الألوان 12
أحصنة عريقة الأصل 14

الفصل 2، كائن حسّاس جدًّا! **16**
ماذا يرى؟ 17
ماذا يسمع؟ 18
ماذا يشم؟ 19
حاسة الذوق 20
حاسة اللمس 21

الفصل 3، الأفضلية للأسرة! **22**
لا حار ولا بارد 23
أفضل الأصدقاء 24
من القائد؟ 25
حصان يراقب وحصان ينام 26
الفصل 4، الأحصنة تتكلَّم! 27
للخيول أصوات! 28
لغة الآذان 29
ماذا نفهم من حركة ذيله؟ 30
أقلُّ الإشارات لها معنى! 31

الفصل 5، مسافر دؤوب **32**
كيف يتنقل؟ 33
السير العادي 34
الهرولة 35
العدو السريع 36
طرق المشي الأخرى 37
ما فائدة حدوة الحصان؟ 38
كل الاهتمام بالقوائم! 39

الفصل 6، دلال من دون إفراط **40**
الحياة في الحظيرة 41
شهية طيِّبة! 42
تنظيف جيد... شكرًا! 43
عُدَّة تُرضي كل الأذواق 44
قواعد سلوك مختلفة 46
مهن مرتبطة بالخيول 47

الفصل 7، اقترب، لا تخف! **48**
حيوان ذكي! 49
الحصان بذاكرة الفيل! 50
حيوان عاطفي 51
التواصل مع الحصان 52
الاحترام المتبادل 53

الفصل 8، أحصنة الأساطير **54**
أحصنة الخرافات 55
الأحصنة الفنَّانة 57
أحصنة بأرقام قياسيَّة! 58

5

مرحبًا بكم في عالم الأحصنة.

راقبوا الأحصنة جيدًا وهي في المراعي، فهي إما تأكل أو تلعب أو تستريح.

في البرية، ترعى الأحصنة العشب. إنها حيوانات عاشبة. والحصان حيوان مسالم، يحب العيش في جماعات كي يشعر بالأمان؛ ولهذا تشكِّل الأحصنة قطعانًا.

والأحصنة كثيرة الحركة، تسير وتلعب وتتقلَّب على العشب. وهي حيوانات حساسة، لا قرون لها ولا أنياب. تكون يقظة ونشيطة غالبًا، ومستعدة للفرار عند الخطر؛ فالهروب أفضل وسيلة للدفاع عن نفسها.

لنكتشف معًا الأحصنة البرية، وتلك التي تعيش في الحظائر ويمتطيها الإنسان.

من أنت أيها الحصان؟

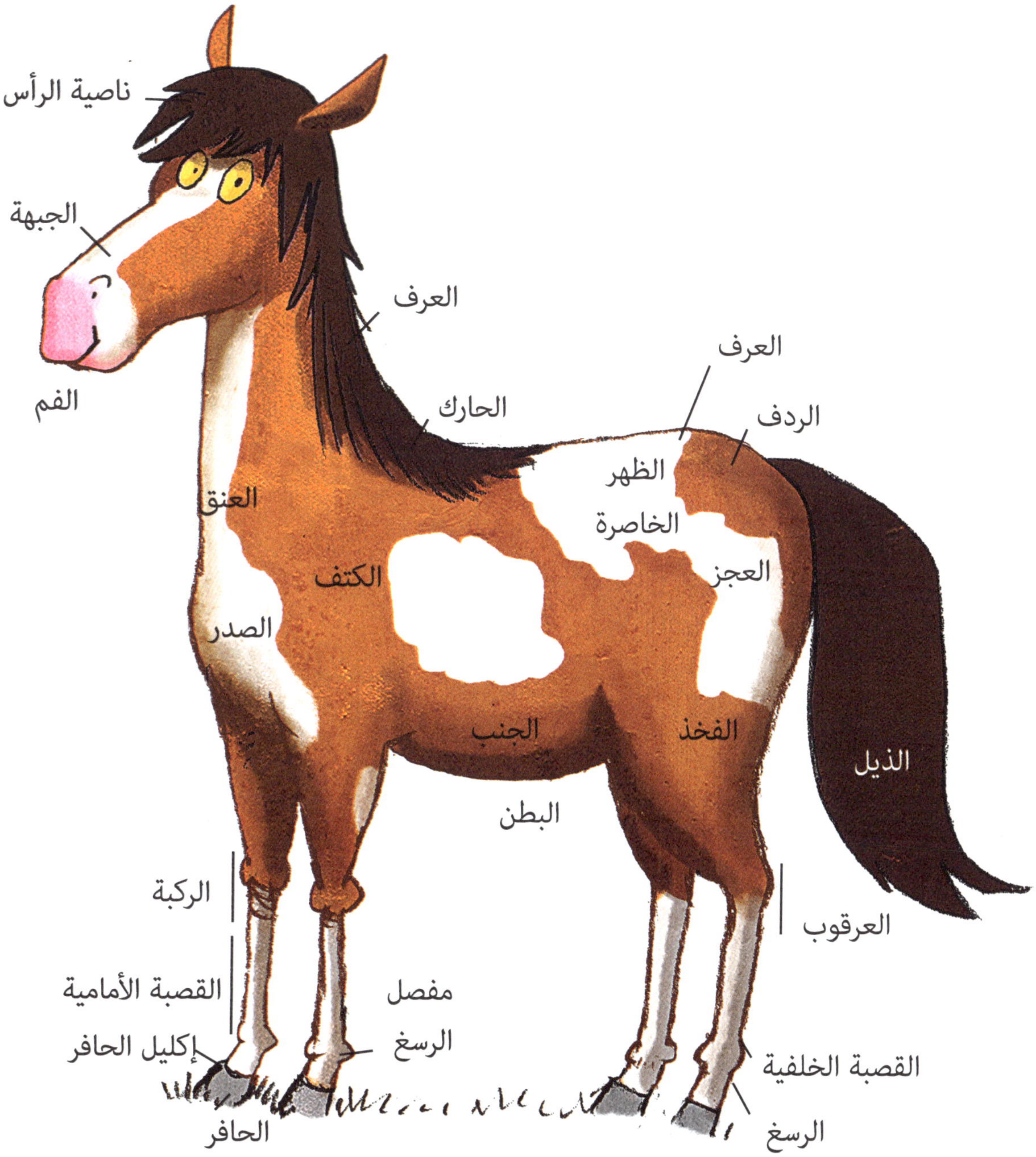

أسلاف الحصان

ولد الحصان الأول على الأرض منذ 50 مليون عام. وكان حيوانًا عاشبًا بحجم الأرنب البري واسمه Eohippus أو «حصان الفجر»، وكان يعيش في الغابات. أما الحصان الذي نعرفه، فسمِّي Equus caballus، وظهر منذ 4 ملايين عام. ووجد البشر الأوائل الأحصنة في البرية، فطاردوها وروَّضوها، ونقشوا رسومها في الكهوف.

الفصل الأول
لطيف للغاية ويقف فور ولادته

بعد قضائه 11 شهرًا في بطن أمه الفرس، يولد المهر عادة في غضون دقائق. ويقف على قدميه بعد ولادته مباشرة، ويبدأ بالرضاعة.

ولادة المهر

في البداية، تخرج القائمتان الخلفيتان، ثم الرأس، ثم بقية الجسم.

حان وقت الاستحمام! تلعق الفرسُ مهرَها لتنظِّفه، وتنشِّط دورته الدموية، وتحفِّز تنفسه. وتتنشق رائحته وهو يتعرَّف على رائحتها أيضًا. ومن ثم لا يخطئها عند حاجته للحماية!

يفتح المهر عينيه بعد الولادة مباشرة، ويحاول أن يرفع رأسه ويتلفَّت حوله. يزن المهر ما بين 40 و60 كيلوغرامًا، أي أقل من وزن أمه بعشر مرات!

معلومة مفيدة

يتضاعف وزن المهر في غضون شهرين فقط.

الهدوء مطلوب

في البرية، تلد الفرس في الصباح الباكر غالبًا. أما في الحظيرة، فتنتظر غياب السائس كي تلد مهرها بهدوء.

الأيام الأولى

يرى المهر بعينيه ويمشي بعد الولادة مباشرة، خلافًا لصغار القطط والكلاب التي تولد عميًا وصمًّا وهي تزحف.

لا يفارق أمه!

في الأشهر الثلاثة الأولى، يتبع المهرُ أمَّه ولا يفارقها أبدًا. وتساعده قوائمه الطويلة على الجري بسرعة عند الخطر.

اكتشاف العالم

يرضع المهر فقط حتى شهره الثالث، ثم يأكل العشب مع الرضاعة حتى شهره السادس.

المهر حيوان فضولي، يهتم بما يحدث حوله، ويستكشف الروائح والأماكن الجديدة. وهو ينام كثيرًا ويلعب مع غيره.

في عمر السنتين، يصبح المهر بحجم الحصان البالغ، ولكن أقل قوة منه. ويصبح حصانًا بالغًا في عامه الرابع أو الخامس.

حسن السلوك

تبدأ تربية المهر عند بلوغه شهره السادس أو قبل ذلك؛ فيتدرّب على تقبُّل الاقتراب منه، ووضع الرسن حول عنقه، والسير قدمًا، وتتَّبُع مدربه. وعند بلوغه عامه الثالث، يعتاد على السرج وركوب الفارس على ظهره، وينصاع للأوامر الأساسية (المشي البطيء، الإسراع، التوقف، الانعطاف). يسمّى ذلك «التدريب»، والتدريب المتدرِّج والسلس يعطي نتائج أفضل.

> **معلومة مفيدة!**
> عندما يبتعد المهر عن أمه أكثر مما ينبغي، تناديه بصهيل لطيف.

في مدرسة اللعب

يلعب المهر مع أمه منذ ولادته، ثم يلعب مع الأمهار التي في عمره. وبفضل هذا اللعب، يمارس الرياضة ويصبح قويَّ البنيان، ثم يكتشف المهر موقعه ضمن القطيع أيضًا، أي يبدأ في تعلم فن الحياة!

من دون مناسبة!

تستمتع الأمهار بالركض والقفز والتوقف المفاجئ والانعطاف، ثم الانطلاق من جديد... وتقف الأمهار على قوائمها الخلفية لتتنافس فيما بينها. وتطارد الأمهار بعضها، وتركل الأرض بحوافرها دائمًا. وتحب عضَّ بعضها، واللعب بالماء، ورشِّه على الآخرين.

تلميذ موهوب

عندما يشعر الحصان بالأمان، يُحافظ على روحه المرحة ورغبته في التعلم. وبكثير من الصبر والمكافأة، يمكن تعليمه كيفية الانحناء، والوقوف على الكرسي، وإحضار القبعة، والإقبال عند مناداته...

أحصنة من كل الألوان

يمكن التعرف على الحصان من لون أجزاء جسمه، وذلك من خلال لون شعره الذي يغطي جسمه، ولون عرفه وذيله، ولون قوائمه.

المهمة الصعبة

تختلف ألوان الأحصنة كثيرًا ويصعب ذكرها كلها هنا.
وتتميَّز أسماء بعض الألوان بغرابتها فمنها المرقَّط، والأشهب، والرمادي، والأحمر، والفضي...

الألوان المعروفة

من بين أكثر الألوان الشائعة، يبرز لون الحصان **الكستنائي**، ويكون لون شعره وعرفه مثل لون السنجاب.

أما الحصان **البني المُحمر**، فيكون شعره بنيًّا وعرفه أسود.

الحصان **الرمادي**، يكون شعره مزيجًا بين الأسود والأبيض. وعندما يكبر يصبح أبيض بالكامل.

قصص الألوان

الحصان **الأرقط**، يتسم بالبقع الكبيرة، ويسمَّى الأرقط لأن بقعه تكون باللونين الأبيض والأسود.

حصان **إيزابيل**، له شعر أصفر وقوائم سوداء وعرف أسود. وسُمِّي بهذا الاسم تيمنًا بملكة إسبانيا إيزابيل الأولى التي قررت عدم تبديل قميصها الأبيض إلَّا بعودة زوجها من الحرب. وعندما عاد الملك ارتدت قميصًا أصفر بياقة وأكمام سوداء!

معلومة مفيدة

تبدو بعض الأحصنة كأنها ترتدي جوربًا أبيض أو اثنين أو أكثر، إنها «علامات للأحصنة». وقد نجد علامات بيضاء على رؤوسها، فيسمَّى الحصان بحسب شكلها: كرة الصوف، النجمة، وقد تكون له رقعة شعر تنمو في الاتجاه المعاكس.

منظر مبهر

يدل شعر الحصان اللمَّاع على صحته الجيدة، وحصوله على الغذاء الجيد. ولكن للحفاظ على لمعان شعره، لا بد من تمشيطه مرارًا وتكرارًا!

أحصنة عريقة الأصل

ينتمي المهر إلى سلالة معينة، تبعًا لأصول أمه الفرس وأبيه الحصان. وتتنافس السلالات في الجمال والأناقة سواء كانت سلالة عربية أصيلة أو كانت من سلالة الحصان الفريزيان الأسود بشعره المجعَّد. ونذكر هنا فقط بعض تلك السلالات، مثل السلالات الرياضية الألمانية والهولندية، وسلالة ليبيزان، وخيول العدو الأمريكية... فبالنسبة لنا تستحق كل السلالات أن نتعرف عليها!

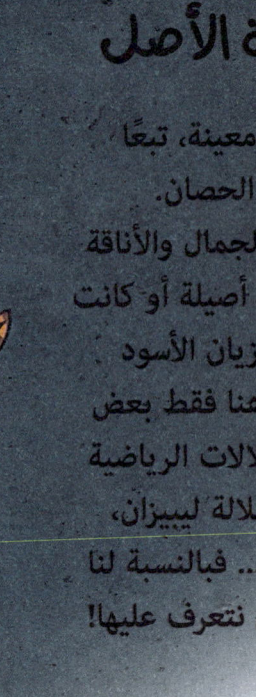

الحصان العربي الأصيل، ملك الصحراء

من أكثر الخيول تحمُّلًا وسرعة. نعرفه من رأسه الرقيق، وفتحتي أنفه الواسعتين، وعينيه الكبيرتين، وأذنيه الصغيرتين المتحركتين. ويمثِّل أعرق السلالات وأنقاها في العالم.

حصان الفريزيان الهولندي، أمير برداء أسود

ينتمي إلى منطقة فريز في هولندا، ويُعرف بلونه الأسود وعرفه الطويل المتموج. إنه جميل ومطواع، ويثير ظهوره تصفيقًا مدويًا!

حصان السرج الفرنسي، بطل حقيقي

إنه حصان رياضي يمتاز بمهارته في قفز الحواجز. حقق بطولات عالمية عديدة. ويُربى في النورماندي غالبًا، حيث المراعي شديدة الخضرة.

الحصان الإنجليزي الأصيل، حصان السباق

إنه الأسرع عالميًّا، ينتصب جسده النحيف على قوائم طويلة. ويشارك في أضخم سباقات الفروسية في العالم.

الحصان الإسباني الأصيل، الملك الأندلسي

كان حصان ملوك أوروبا، وكان النبلاء الإسبان يصارعون الثيران من فوقه، ويُستخدم للتدرُّب على الحروب وللترفيه. وصار اليوم حصانًا للرياضة والاستعراض.

الحصان المرقط، حصان الهنود الحمر

يُعرف بلونه المرقط. ساعده جلده في الماضي على التخفِّي. فكان يمتزج مع الطبيعة عندما يقف ساكنًا دون حراك.

حصان أخال تيكي، قاطع الصحراء

نحيل وأنيق، ولونه ذهبي غالبًا، وجلده ناعم، ورأسه ينتصب عاليًا. جرى ترويضه منذ نحو 3 آلاف عام في صحراء كاراكوم في تركمانستان (آسيا الوسطى)، وهو من أقدم الأعراق في العالم.

الفصل الثاني
كائن حسَّاس جدًّا!

الحواس الخمس لدى الحصان متطوِّرة جدًّا، ولذا تمكنه من الشعور بأدنى درجات الخطر.

ماذا يرى؟

بصر الحصان قويٌّ جدًّا. ولكنه لا يرى الأشياء مثلما نراها تمامًا.

عين كبيرة جدًّا

الحصان صاحب أكبر عينين بالنسبة لوزنه، بل إنهما أكبر من عيني الحوت أو الفيل!

يرى... على مدى واسع!

لوجود عينيه على جانبي رأسه، يتوفر للحصان مدى إبصار واسع، يغطي دائرة كاملة. ولديه منطقتان مخفيتان: أمام أنفه مباشرة، وخلف عنقه. لهذا عليك تنبيهه إذا أتيت من خلفه!

يرى بالألوان

يرى الحصان الألوان، ولكن رؤيته للألوان القوية أفضل من الألوان الباهتة.

في الظلام

يرى الحصان جيدًا في الظلام، ورؤيته أفضل من البشر بكثير! ولكن بمستوى أقل من القطط والجرذان والأرانب. ويتطلب انتقاله من الظل إلى النور بعض الوقت للتكيُّف.

ماذا يسمع؟

يستطيع الحصان أن يسمع أكثر الأصوات خفوتًا بفضل أذنيه المتحرِّكتين.
ويمكنه أن يسمع صهيل حصان على بعد كيلومتر واحد.
ويمكنه التقاط الموجات فوق الصوتية التي لا يستطيع البشر سماعها.

تشجعوا، ودعونا نهرب!
يتنبَّه الحصان لأدنى صوت غريب. وعندها يتوقف عن الرعي، وتنتصب أذناه ليسمع بشكل أفضل، ويستعد للفرار. وهو يخاف من الأصوات غير المتوقعة مثل أصوات الأعيرة والألعاب النارية أو أصوات الرعد.

قوة الكلمات
الحصان قادر على فهم معنى كلمات كثيرة. إنه حساس حيال نبرات الصوت. ويعرف ما إذا كان الفارس سعيدًا، أو غاضبًا، أو مسرورًا، أو مضطربًا، أو هادئًا...

ماذا يشم؟

يملك الحصان حاسة شم متطورة جدًّا، بل إنها أكثر تطورًا من حاسة الشم عند البشر!

حاسة شم مذهلة
يمكن للحصان أن يشم رائحة عدو حملها الهواء. وإذا ما شعر بالعطش، فإنه يستطيع شم رائحة الماء على بعد كيلومترات عدة.

حاسة متيقظة!
لا يمكنك أن تكذب على الحصان! وإذا حاولت إخفاء خوفك مثلًا فسيكشفك، ويشم حينئذ رائحة خاصة تنبعث منك.

وسيلة للتواصل
تتيح حاسة الشم للخيول التعرُّف على بعضها بعضًا. فالمهر يعرف أمه من رائحتها. وللتواصل مع شخص جديد أو شيء جديد، يعمد الحصان إلى شمِّه.

وجه مضحك
يُكشِّر الحصان تكشيرة معينة عند التعرُّف على الرائحة. فهو يحبس نفسه ويرفع شفته العليا ويمد عنقه في الوقت ذاته.

حاسة الذوق

تساعد حاسة الذوق الحصان على التعرُّف على الأطعمة. راقبْه حين يكون في المرعى، ستراه ينتقي ما يرغب في أكله، ويترك الباقي جانبًا.

انتباه!

لا بد للحصان أن ينتقي ما يأكل، لأنه لا يستطيع التقيؤ. ففي البرية، يتعرَّف المهر من خلال الفرس على الأطعمة المناسبة له. وينبغي على الفارس انتقاء طعام حصانه، وأن يُجنِّبه رعي الصنوبريات والنباتات الصمغية. فنبات الطقسوس مثلًا، وهو شبيه بشجرة التنوب ذات الإبر الخضراء القاتمة والمسطحة قليلًا، خطير بالنسبة للحصان، ولا يأكله عادة.

المكافأة

يميِّز الحصان المذاق المر والحلو والمالح والحامض. وبفضل الإنسان، صار الحصان يستمتع بالطعم الحلو. ويحب الجزر المقطَّع الغني بالفيتامينات، ويأكل منه نحو كيلوغرامين أو ثلاثة كيلوغرامات يوميًّا. ويحب الحصان التفاح والخبز الجاف والحلويات التي تباع في المتاجر.

20

حاسةُ اللمس

الحصان حساس للغاية، فهو يصاب بالقشعريرة إذا ما لمسته ذبابة.

إحساس مرهف

يستطيع الحصان أن يفهم إشارات فارسه مهما كانت خفيفة. ويكفي أن يلامس جانبيه بربلة ساقه كي يبدأ الحصان المشي.

فم حساس

فم الحصان حساس للغاية. ويتعين على الفرسان احترامه بوصفه كنزًا قيِّمًا يجب الحفاظ عليه.

مثل القطط

لدى الحصان شعر ملموس حول الشفتين وعلى الأنف والذقن، ويُسمَّى «شعر الاستشعار» (وليس الشارب)، وبفضله يتعرَّف على الأشياء وينتقي طعامه. ولذلك يجب عدم قصه بتاتًا.

بكل رفق

يحب الحصان التربيت اللطيف على مواضع مفضلة من جسده. ويتعين عليك معرفة ما إذا كان يحب التربيت على العنق، أو الحارك، أو العرف، أو بين الأذنين، أو على الجبهة، أو حول عينيه، أو فمه...

الفصل الثالث
الأفضلية للأسرة!

الحصان حيوان اجتماعي يعيش في أسرة تتكون من فحل (حصان قادر على التناسل)، وفرسين أو ثلاث أفراس وأمهارها. وتغادر الأحصنة والأفراس المجموعة عند بلوغها الثالثة، فترتبط الإناث بأحد الذكور، وينضم بقية الذكور إلى مجموعة العازبين، في انتظار الارتباط بأفراسها.

لا حار ولا بارد

يزداد جلد الحصان سماكة خلال فصل الشتاء. ويحميه جلده الشتوي من البرد والأمطار. ولا مثيل لذلك الغطاء الطبيعي الذي قد تزيد سماكته عن سنتمترين. وعند اشتداد البرد، تقف الأحصنة متلاصقة على شكل دائرة، ورؤوسهم إلى الداخل، ومن ثم تحصل على الدفء! وتكشط الأحصنة طبقة الثلج بحوافرها بحثًا عن العشب.

الاحتماء من الريح
في العواصف، يدير الحصان ردفيه نحو الريح، أو يحتمي خلف الشجيرات.

يحيا الوحل!
يعشق الحصان التمرُّغ في الوحل، لأنه يحميه من البرد في الشتاء ومن الحشرات في الصيف. ويحب اللعب على الثلج أيضًا.

معلومة مفيدة
تخضع الأحصنة التي تعيش في الحظائر لعملية جزِّ الشعر في الشتاء. ولحمايتها من البرد، يفضل تغطيتها ببطانية واحدة أو أكثر.

حرب على الطفيليات!
الحشرات هي العدو اللدود للأحصنة في فصل الصيف. وتتعاون الأحصنة لطردها بعيدًا، بأن يقف كل حصانين جنبًا إلى جنب ومتعاكسين، وهما يلوحان بذيلهما.

أفضل الأصدقاء

غالبًا ما يختار الحصان صديقًا مفضَّلًا لديه، ويكاد الحصانان لا ينفصلان. يرعيان العشب معًا، ويشربان في الوقت نفسه، ويتبع أحدهما الآخر أينما ذهب.

أحكُّ ظهرك وتحكُّ ظهري...
تتعاون الأحصنة في تنظيف أجسادها وترتيب مظهرها، فتقف أزواجًا متعاكسة، ويعضُّ أحدها الآخر بلطف على العنق والحارِك والظهر والردف والذيل. ولا ينجز هذه المهمة إلَّا الأصدقاء!

صديقي البشري
يمكن للحصان أن يصادق إنسانًا، ولكنْ على المرء أن يتحلَّى بالصبر. فالحصان لا يظهر مشاعره مثل الكلب. ويستغرق وقتًا أطول لمنح إنسان ثقته وإظهار صداقته له. وإذا كان الحصان غير مقيَّد، ووقف إلى جانبك دون حركة، فاعرف أنه يعدُّك صديقًا له.

من القائد؟

يبدو قطيع الخيل منظمًا للغاية. ويراقب الفحل القطيع ويدافع عنه، ويطرد أي ذكر آخر يحاول الاقتراب. وتكون الفرس الأكبر عمرًا قائدة القطيع غالبًا. فهي تعرف مواقع الماء، ومواقع الظل، وأفضل المراعي... ومن ثم ترشد القطيع.

لكلٍّ موقعه

تتواصل الأحصنة فيما بينها وفقًا لقواعد محددة. وذلك بحسب عمر الحصان وطباعه. فقد يكون الحصان خاضعًا ومُسيطِرًا في الوقت نفسه. وللحصان المسيطِر الأولوية في الوصول للماء أو الطعام، فهو يحصل على أفضل موقع ليحميه من الشمس أو الريح. وتتناوب الأحصنة جميعًا على المراقبة والنوم والراحة. ويصبح الحصان في خطر إذا انفصل عن القطيع.

فريق المراهقين

عندما تصل الأمهار إلى سن البلوغ، يبتعد الذكور عن الجماعة أو يقوم الوالد بطردهم. عندها يشكلون مجموعة من العازبين. وأحيانًا تُطرد المهرات من القطيع أيضًا، فتتجمع وتشكل أسرة جديدة، وتتزوج فحلًا غريبًا.

حصان يراقب وحصان ينام

سكوت، إنه يستريح!
ينام الحصان واقفًا أو مستلقيًا، فإذا نام واقفًا كان مستعدًّا للهرب بسرعة عند الخطر. وتتدلى عند النوم شفته السفلى وينخفض عنقه، وترتخي عضلاته، لكنه يسمع أضعف الأصوات. ويستطيع النوم وعيناه مفتوحتان.

ينام مستلقيًا
ينام الحصان مُستلقيًا إذا ما شعر بالأمان، فيطوي قوائمه تحته. وقد يتمدَّد على جنبه أيضًا.

قيلولة قصيرة
ينام الحصان فترات قصيرة من 10 إلى 30 دقيقة. وفي الصيف، يختار أشد الأوقات حرارة ليرتاح في الظل إذا أمكن. وقد يحلم الحصان مثل البشر!

معلومة مفيدة
لا يحبُّ الحصان النوم، بل تكفيه خمس ساعات يوميًّا أو ست، وهو أقل بكثير من حاجة الأسد الذي يرتاح ما بين 16 و18 ساعة يوميًّا!

سرير مريح
في الحظيرة، يحب الحصان النوم على فراش نظيف وسميك للغاية.

الفصل الرابع
الأحصنة تتكلَّم!

تتواصل الأحصنة فيما بينها عبر صهيل متعدد النغمات، وعبر وضعية الجسد، والنظرات، وحركات الذيل والأذنين.

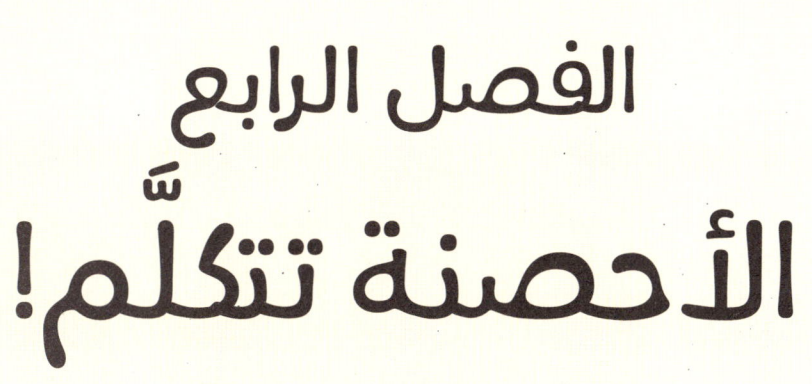

للخيول أصوات!

في القطعان البرية، عندما ينام الحصان، يتولى حصان آخر المراقبة وينذره عند الخطر.

الصهيل الخافت

إنه صوت الفرس حين تنادي مهرها، أو صوت الحصان عند إطعامه.

الصهيل القوي

يُسمع من بعيد. ويُصدر الفحل صهيلًا قويًّا، ليستدعي أفراسه، ويذكِّر القطيع بأنه القائد!

الشخير

صوت حاد لتحذير الآخرين أو تهديدهم. ويشخر الحصان عندما يشعر بالخوف.

صهيل سعيد وصاخب:
«صباح الخير، كيف حالك؟»

صهيل لطيف وطويل:
«مرحبًا يا جميلتي!»

صهيل لطيف وقصير:
«لا تبتعد يا صغيري!»

شخير شفتين مغلقتين:
«ما بك؟ لا تطاردني!»

زمجرة بصوت حاد:
«ابتعد وإلَّا هاجمتك!»

صهيل طويل وقوي:
«أنا هنا!»

معلومة مفيدة

تتعرف الأحصنة على بعضها بعضًا من صوت صهيلها.

لغة الآذان

يسهل إدراك معنى حركة أذني الحصان، فحركة الأذن الأولى تكون مستقلة عن الثانية.

فإذا حركهما للأمام بشدة،
كان متفاجئًا أو قلِقًا.

وللأمام قليلًا، كان منتبهًا ويشعر بالأمان.
وللخلف قليلًا، كان نائمًا أو مستريحًا.

وإذا حركهما للخلف كثيرًا،
كان غاضبًا أو حانقًا.

أما أذناه الثابتتان فتعكسان قلقه،
ومحاولته إدراك مصدر الخطر المحتمل.

وإذا تعاكست أذناه نحو الأمام ونحو
الخلف، يكون جاهلًا للموقف!

والأذنان المنتصبتان والمتباعدتان
تعنيان أنه مندهش.

ماذا نفهم من حركة ذيله؟

حركات الذيل لها معانٍ محددة للغاية.

هدوء
الذيل المتدلي يعني أن الحصان يستريح أو يرعى. ويُفضّل عدم إزعاجه! ويخفض حينئذ رأسه بالتزامن مع ذيله.

تلويح متناسق
في الحقل، يحرك الحصان ذيله يمينًا ويسارًا لطرد الذباب والحشرات.

حماس
يرفع الحصان ذيله عاليًا عندما يلعب ويهرول في المرعى، ويكون سعيدًا ومتحمِّسًا.

خوف
يخفض الحصان ذيله حين يُفاجأ من الخلف أو يُطارد أو يخاف.

انزعاج
يحرك الحصان ذيله بعنف، إذا انزعج من فارسه، ويُرجع أذنيه للخلف.

أقلُّ الإشارات لها معنى!

يعبِّر الحصان بعينيه، ووقفته، وحركات وجهه، وطريقة مشيته.

أنت صديقي
يُصدر الحصان صهيلًا قصيرًا تعبيرًا عن الودِّ، عند اقترابه من شخص جديد. ويمدُّ أذنيه للأمام، ويرخي وجهه.

احترس مني!
يُبرز الحصان ردفيه ويرفع مؤخرته، ويسطح أذنيه نحو الخلف، ويجعد أنفه، ويشد وجهه، ويمد رقبته.

لغة العيون
تعكس عيون الحصان مزاجه، إذ إنها تعبِّر عن خوفه أو هدوئه أو ضجره أو غضبه أو استسلامه أو حزنه أو تعبه...

> **معلومة مفيدة**
> يستطيع الحصان استشراف مشاعرك! فعندما تتقدم نحوه، يعرف على الفور إذا كنت واثقًا به أو خائفًا منه أو متشككًا أو فرحًا أو حزينًا.

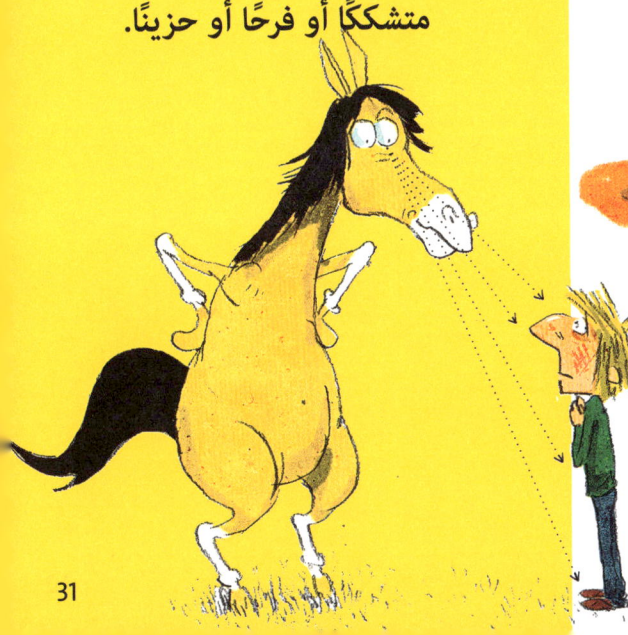

معركة الفحول
يتصارع الفحول أحيانًا... للفوز بقلب الفرس! فالرأس يعلو، والعنق يتقوَّس، والذيل يرتفع، والصهيل يشتد، والجسم ينتصب، ويتبادل المتصارعون العض والرفس. يخاف الأضعف غالبًا ويستسلم. وترافق الفرس الفحل الفائز!

الفصل الخامس
مسافر دؤوب

ينتقل الحصان من مكان إلى آخر دون توقف. فيرعى في أثناء سيره، ويسير في أثناء الرعي. يعدو بسرعة أو ببطء سواء للفرار أو للعب، ويشعر دائمًا بالحاجة إلى الحركة!

كيف يتنقل؟

الواحد خلف الآخر
عندما ترغب الأحصنة في التنقل من مكان إلى آخر تصطف في طابور، وتتقدم الفرس أمهارها الذين يتبعونها صفًّا من الأصغر إلى الأكبر. وفي البرية، تظهر آثار حوافر الأحصنة دومًا.

الفرار من الخطر!
عندما يشعر الحصان بالخطر (هجوم فهد أو ذئب مثلًا)، يلوذ بالفرار بسرعة. وينطلق القطيع بأكمله، مبتعدًا عن منطقة الخطر. ويقف الفحل خلف القطيع تحسبًا لوجود من يلاحقه.

من أجل الفرس
يؤدي الفحل بعض الخطى الخفيفة والخطى الإيقاعية السريعة لجذب الفرس. ويعتمد على الطريقة ذاتها إذا رغب في تخويف أعدائه.

معلومة مفيدة
لا بد للحصان الذي يعيش في حظيرة أن يخرج منها يوميًّا، لا لأجل العمل فقط.

السير العادي

الخطوة هي الوتيرة الأبطأ في حركة الحصان. فهو يحرِّك قوائمه الواحدة تلو الأخرى، فيقدم القائمة الخلفية اليمنى أولًا ثم القائمة الأمامية اليمنى، تليها القائمة الخلفية اليسرى ثم القائمة الأمامية اليسرى. وبذلك يؤدي أربع حركات متتالية، فالخطوة حركة بأربع دعسات.

آثار القوائم

تحط القوائم الخلفية غالبًا مكان القوائم الأمامية.
وقد تحط أحيانًا أمامها قليلًا أو خلفها قليلًا.

مواكبة حركة الحصان

يواكب الفارس خطوات الحصان بحركة حوضه مع إبقاء ظهره منتصبًا. وتكون قدماه مسترخيتين.

معلومة مفيدة

سرعة مشي الحصان ببطء بين 6 و 8 كلم في الساعة.

الهرولة

عندما يعدو الحصان خببًا، يحرِّك القائمتين الأمامية اليمنى والخلفية اليسرى معًا، أو الأمامية اليسرى والخلفية اليمنى معًا. ولا تلامِس قوائمه الأرض إلا للحظة، والخبَب أو الهرولة يعدُّ قفزًا.

الركض السريع

تنظم مسابقات الهرولة في ميادين الفروسية. وتكون الأحصنة المشاركة مربوطة بعربات جرٍّ. وتنظم المنافسات لعدو الأحصنة، ويوجد في فرنسا فصيلة خاصة من الأحصنة المدربة على الخبَب، وتشارك في السباقات.

تناغم إيقاعي

تتناغم حركة جسد الفارس مع مشية الخبَب، فيكون واقفًا ثم جالسًا بالتوافق الزمني مع حركة قوائم حصانه. ويمكنه العد على النحو التالي: 1، 2 – 1، 2... وقوف-جلوس، وقوف-جلوس. ويهرول الفارس جالسًا فوق السرج مع حركة الخبَب. ويتطلب ذلك تدريبًا فائقًا!

معلومة مفيدة

يسير الحصان مشية الخبَب بسرعة 14-15 كلم/ساعة. وفي السباق، تصل سرعته إلى 50 كلم/ساعة.

العدو السريع

يقدِّم الحصان قائمته الخلفية، تليها القائمة الخلفية الثانية، ثم القائمة الأمامية المعاكسة، وأخيرا يقدِّم القائمة الأمامية الأخرى. وعلى غرار مشية الخبَب، يُعَدُّ الجري من حركات القفز. ويمكن تقليده ركضًا مع إبقاء قدمك اليمنى في الأمام والقدم اليسرى في الخلف.

ضربات ثلاثية

تضرب حوافر الحصان ثلاث ضربات متتالية عند الجري. حاول الاستماع إلى صوتها: تا غا داك، تا غا داك...

في ميادين الفروسية

تشارك الأحصنة الأصيلة في مسابقات العدو بقيادة الفارس ويسمَّى جوكي. يكون الرِّكاب قصيرًا ومتوازنًا تحت السرج بعدة سنتيمترات. ويعتني الفارس بنظام حصانه الغذائي، ويجب أن يتراوح وزنه بين 46-54 كلغ.

معلومة مفيدة

تتراوح سرعة الحصان عند الجري بين 20-30 كلم/ساعة. ويمكن للحصان الإنجليزي الأصيل أن يقطع مسافة 100 متر في 56 ثانية، أي بسرعة 72 كلم/ساعة.

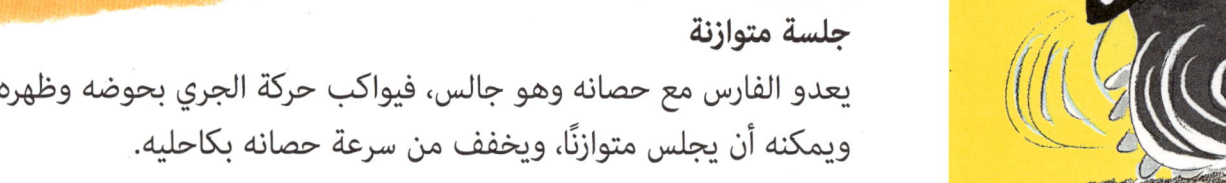

جلسة متوازنة

يعدو الفارس مع حصانه وهو جالس، فيواكب حركة الجري بحوضه وظهره. ويمكنه أن يجلس متوازنًا، ويخفف من سرعة حصانه بكاحليه.

طرق المشي الأخرى

مثل الجمل!

التبختر مشية بطيئة ثنائية الضرب بالحوافر، ويميل الحصان من اليسار إلى اليمين وليس من أسفل إلى أعلى. ويرفع قائمتيه من جانب واحد في الوقت ذاته تمامًا مثل الجمال أو الزرافات! تلك المشية ليست سهلة، جرِّب ذلك بنفسك: حرِّك اليد اليمنى والقدم اليمنى معًا، ثم اليد اليسرى فالقدم اليسرى.

ما فائدة حدوة الحصان؟

الحداد هو المسؤول عن تجهيز الحدوات للأحصنة. يركِّبها على الحوافر لحماية قوائمها. ويجب تغيير الحدوات الحديدية كل ستة أسابيع.

إنه... الحافر!

تكون القائمة محمية بغطاء قرنيٍّ: الحافر أو الظلف. والحافر يخلو من أي إحساس، مثل الأظافر، ولكنه ينمو باستمرار. ولذلك يزيل الحداد الزوائد القرنية بِمِبشَرة (مثل مبرد الأظافر). وهو ما يسمى «التقليم».

حسب القياس

يسخِّن الحداد الحدوة في الفرن، كي يتمكن من ضبط مقاسها وفق المطلوب.

ويضرب الحدوة بالمطرقة على سندان. وعندما يضعها على الحافر، يتصاعد منها الدخان، ولكن الحصان لا يشعر بشيء. بعد ذلك يدق الحداد مسامير في الحدوة لتثبيتها. ولا يشعر الحصان بأي ألم!

معلومة مفيدة

يظن بعض الناس بأن حدوة الحصان تجلب الحظ. في السابق، كان من يجد حدوة حصان يحملها إلى حداد القرية، ويأخذ المال مقابلها.

كل الاهتمام بالقوائم!

يكون الغطاء القرني لدى بعض الأحصنة قاسيًا جدًّا، فلا يحتاجون إلى حدوات. ويوضع لبعض الأحصنة صنادل بمثابة الأحذية، كان قد ابتكرها الرومان.

عناية دقيقة

تحتاج حوافر الحصان إلى عناية فائقة، مع الحدوة أو من دونها. ولا بد أن يُعتنى بها كي يتمكن الحصان من حمل فارسه. ويكشط الفارس حوافر حصانه قبل ركوبه، كي ينزع ما علق بها من أوساخ أو حصى، ويزيِّتها بانتظام، ويتأكد من أن الظلف في حالة جيدة.

أعطني قائمتك!

يدرِّب الإنسان الحصان في فترة مبكرة على مدِّ قوائمه. وكلما بدأ التدريب مبكرًا صار الأمر أسهل. ويكفي أن يمسك القائمة برفق، ويضعها على الأرض بلطف، ويربت على الحصان.

الفصل السادس
دلال من دون إفراط

عندما يعيش الحصان في الحظيرة،
يتعيَّن على الإنسان توفير الراحة والأمان له.
إنها مسؤولية هائلة!

الحياة في الحظيرة

تكون مساحة حظيرة الحصان ثلاثة أمتار مربعة في الحد الأدنى.
وينبغي أن تكون جيدة الإضاءة والتهوية، وغير معرَّضة للتيارات الهوائية، وأن يتوافر بها معلف وحوض ماء، على أن تطل على الباحة الخارجية، لأن الحصان يحتاج إلى رؤية ما يحصل حوله.

ليست سجنًا!
لا يجوز حبس الحصان في الزريبة على مدار الساعة. حتى في حال عدم امتطائه، لا بد من إخراجه كي يمشي ويسترخي.

فراش حقيقي
يفرش السائس الزريبة بطبقة من القش أو النشارة التي تمتص البول، وتشكل فراشًا مريحًا يمكن للحصان الاستلقاء عليه.
وعليه أن يزيل الطبقة العليا يوميًّا لرفع الفضلات والقش غير النظيف، ويضع مكانها قشًّا نظيفًا يحب الحصان قضمه. ويجب إزالة كل القش مرة كل أسبوع أو أسبوعين، وكشط الروث الملتصق بالأرض. وتسمى بعملية «كشط الزريبة».

حُسن الجوار
الأحصنة لها اختياراتها المفضلة! ويضع السائس الأحصنة المتوافقة فيما بينها في زرائب متلاصقة.

شهية طيِّبة!

يشعر الحصان بالجوع طوال الوقت! ويفتش دائمًا عن قشة ليأكلها. إنه أمر طبيعي، فالحصان في البرية يأكل طوال الوقت.

العشب قبل أي شيء آخر

الحصان حيوان عاشب، ويتألف غذاؤه من النباتات. في البرية، يكتفي بتناول العشب والماء، أمَّا حين يعيش في الحظيرة ويعمل، فيجب أن يحصل على وجبات عدة في اليوم، إضافة إلى توفير حجر الملح والماء.

العلف: مائدة مفتوحة!

يُصنع التبن من العشب المشذب والمجفف بين شهري يونيو ويوليو. ويُعدُّ التبن الغذاء الأساسي للأحصنة التي تعيش في الحظائر وفي السهول أيضًا إذا كان العشب غير كافٍ (وذلك في الشتاء مثلًا أو عند نهاية الصيف).

غذاء متوازن

تُحسب كمية غذاء الحصان، وفقًا لعمره والجهد الذي يبذله وبنيته الجسدية. وتأكل الأحصنة التبن والحبوب: مثل الشعير والشوفان والذرة. ويمكن إعطاؤها حبيبات تحتوي خليطًا من الحبوب والفيتامينات والزيوت والأملاح المعدنية.

تنظيف جيد... شكرًا!

يعرق الحصان ويتسخ، فيحتاج إلى تنظيف جيد واهتمام.
ويسمح التنظيف بالتواصل مع الحصان والتأكد من أنه في صحة جيدة.

تنظيف طبيعي

يحك الحصان جلده عندما يكون في البرية، كي يتخلص من الأوساخ وخلايا الجلد الميتة. ويتدحرج ويطلب من صديقه أن يحك له ظهره.

عناية خاصة!

تحتاج فرشاة عريضة، وفرشاة أسنان خشنة، وأخرى ناعمة، وقماشة للتلميع. ويمكن تسريح الذيل والعرف برفق بفرشاة شعر خاصة أو بسيطة.

وقت ممتع

لكي تكون فترة التنظيف ممتعة، استمع خلالها لحصانك! فإن كان يشعر بالدغدغة ويتلوى في كل الاتجاهات، فعندئذ عليك استخدام فرشاة ناعمة.

هيَّا نستحم!

يقدر الحصان الاستحمام عندما يكون الطقس جيدًا. ويتعين عليك تعويده على دفق الماء تدريجيًّا، كي لا يخاف.

عُدَّة تُرضي كل الأذواق

تتألف عُدَّة الحصان من سرج ورِكابيْن ولجام وحبال. وتختلف تلك العُدَّة باختلاف المكان والزمان.

أحصنة الهنود الحمر

في البداية، امتطى هنود أمريكا الحصان دون سرج، واكتفوا بوضع جلد ثور على ظهره ثم ابتكروا وسادة محشوة قبل صنع السروج. ولتوجيه خيولهم، أدخلوا في فم الحصان حبلًا يمسك فكَّه السفلي.

أحصنة السباق في العصور الوسطى

كان الفرسان يغطون جسد الحصان بدروع حديدية مبطَّنة بالجلد ومصمَّمة لتحمُّل الصدمات. وفي السباق، ينطلق فارسان متقابلان على صهوتي جواديهما بأقصى سرعة، ويحاول أحدهما إسقاط الآخر باستخدام رمح طويل.

في منغوليا

يتعلم الأطفال ركوب الأحصنة قبل تمكنهم من المشي. وتكون أحصنتهم صغيرة الحجم وذات عرف قصير ورأس غليظ. ويكون السرج عاليًا من الجانبين ليحتضن الفارس، أما الرِّكابان فيكونان قصيرين جدًّا، ويكون لجام الحصان أعرض من فمه.

الحصان الرياضي

يوضع في فمه حبل أو لجام. وتقدر أنواع الألجمة بالمئات وتتفاوت في قساوتها. واللِّجام البسيط أكثر راحة للحصان. ويكون سرج الحصان الرياضي خفيفًا، ويحمل رِكابين متفاوتي الطول، ليناسب الرياضة التي يمارسها الفارس. ويُعنى الفارس بعدَّته، فينظفها ويزيِّتها بانتظام، تفاديًا للتسبب في أي جروح للحصان.

الفروسية في الغرب الأمريكي

تستمد الفروسية الغربية أو الأمريكية أصولها من رعاة البقر. ويكون السرج مريحًا وعريضًا وثقيلًا كي يريح الفارس، لا سيما حين يرمي حبل الوهق. وفوق السرج قرن للف حبل الوهق حوله. ويكون الرِّكابان عريضين جدًّا.

مثل الهنود الحمر!

يحاول عدد متزايد من الفرسان ركوب الأحصنة دون سرج، مستخدمين رسنًا أو حبلًا بسيطًا. وهذا يتطلب أحصنة واثقة ومدربة، وتُترك هذه الأحصنة دون حدوات، وتُربَّى في المروج قدر الإمكان.

قواعد سلوك مختلفة

الحصان حيوان رياضي. ويمكنه ممارسة العديد من الرياضات بناء على جنسه وبنيته الجسدية وشخصيته.

السباقات
تشارك الأحصنة العدّاءة في سباقات العدْو، إما بجرِّ العربات أو بحمل فارس على ظهرها. وتشارك الأحصنة الأصيلة في سباقات العدْو.

الترويض
يؤدي الحصان حركات جميلة عند الهرولة والعدو وكأنه راقص حقيقي! وتُعَدُّ معرفة قواعد الترويض ضرورة لجميع الفرسان، مهما كان نوع التدريب الذي يختارونه.

قفز الحواجز

على الحصان أن يتخطى الحواجز المختلفة الأشكال والألوان الواحدة تلو الأخرى.

وتحسب مدة كل جولة. ويترتب على إسقاط الحاجز عقوبة معينة. ويفوز من لا يسقط الحواجز ويكون الأسرع.

معلومة مفيدة
تختلف أنواع تدريب الفرسان، فهناك الألعاب البهلوانية، والفروسية دون سرج، أو طريقة رعاة البقر، أو عبر منافسات كاملة.

مهن مرتبطة بالخيول

يَجمع العاملون في عالم الخيول بين شغفهم وحياتهم المهنية، فيمضون أوقاتهم مع الأحصنة! وتشمل عائلة «محترفي عالم الأحصنة» ما يلي:

الطبيب البيطري
يعتني بالأحصنة كي تبقى في صحة جيدة. إنه طبيب الأحصنة.

طبيب الأسنان
يراقب أسنانها ويبردها عند الحاجة ويعالجها. ويتعاون غالبًا مع الطبيب البيطري.

سائس الخيل
يبني الحظائر، ويُطعم الخيول، ويضعها في الحظيرة، ويهتم بها. ويمكن تسميته «مربي» الأحصنة.

الفارس المحترف
يمتطي أحصنة عملائه، ويدرِّب الأمهار الصغيرة أو يشركها في المسابقات. إنه رياضي الإسطبل.

المراقب
يعلِّم تلامذته كيفية امتطاء الأحصنة، ويدرِّب الخيول تدريبًا احترافيًّا. إنه أستاذ مدرسة الفروسية.

الحداد
يعتني بقوائم الأحصنة ويثبت الحدوات على حوافرها. إنه إسكافي الأحصنة.

الجوكي
يمتطي الأحصنة خلال السباقات. إنه رياضي من الدرجة الأولى.

الفصل السابع
اقترب، لا تخف!

إنه ضخم وشامخ.
ولا يرغب إلا في التواصل معك.
ولكي تدخل عالمه، ما عليك سوى التعرُّف عليه.

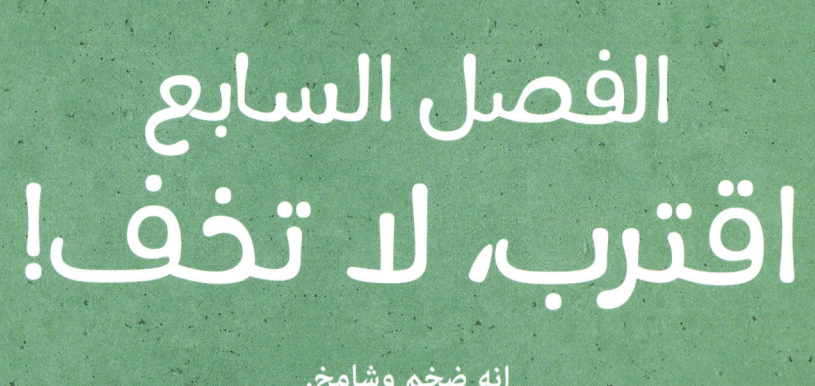

حيوان ذكي!

بل إنه أحيانًا خارق الذكاء، وقادر على تعلم أمور كثيرة. وذلك إذا ما عرفت كيف تستغل ذكاءه بنفسك!

هل يبدو الحصان غبيًّا؟

قد تبدو بعض ردَّات فعله غبية بالنسبة لمن لا يعرفه جيدًا. في الواقع، يتبع الحصان حدسه فقط. والحصان البري عادة ما يكون فريسة محتملة لأنه لا يستطيع مقاتلة الضباع والأسود، ولذلك يلوذ بالفرار! ولهذا السبب تظل بعض الأحصنة في حالة تأهب دائمًا.

المعلم الجيد

يتعلم المهر عبر تقليد أمه، واللعب معها ومع الأحصنة الأخرى. لكنه مع الإنسان يتعلم بسرعة أكبر لأن معلمه يكافئه، ويطمئنه، ويغيِّر مهامه...

مهارات متفوقة

تستطيع بعض الأحصنة فتح أقفال حظائرها، وتحرير زملائها! وتعرف كيف تحصل على الحلوى في الجيوب. وقد يدَّعي الحصان العرج كي لا يعمل!

الحصان بذاكرة الفيل!

يتذكر الحصان كل شيء. حتى أنه قادر على حفظ عدد كبير من التمارين والكلمات. ويستفيد الفرسان من تلك الذاكرة في تدريباتهم.

حاسوب في الرأس!

ينطبع في ذهن الحصان كل ما يحصل معه، وكل المشاعر الممتعة أو المزعجة، والأشخاص الذين يحبونه أو يسيئون معاملته، والأحصنة الصديقة أو العدوَّة. ويحفظ الأماكن والأشياء.

تعطش للتعلم

يحب الحصان تعلم كل جديد. ويتعلم أفضل عند حصوله على مكافأة على عكس ضربه بالسوط. فالمكافأة تجعله يتعلم للمتعة. يتعلم بسرعة... ويسعى لاكتساب المزيد!

معلومة مفيدة

يتذكر الحصان طوال حياته الشخص الذي أساء معاملته.

حيوان عاطفي

قد يصدر عن الحصان ردة فعل عنيفة إذا تعرَّض لوضع مستجد أو غير متوقع. فيصيبه الهلع بسرعة إذا خاف. ويدرك من خلال غريزته متى يجب عليه الفرار سريعًا.

سريع التهدئة

ينفعل الحصان بسرعة، ولكنه يهدأ بسرعة أيضًا. ويكفي منحه الطمأنينة كي يختلف مزاجه تمامًا. ولذلك ينبغي منحه جوًّا من الثقة، وعدم فرض الأمور عليه بالقوة.

لكل حصان طبيعته الخاصة!

يتسم كل حصان بطبيعة خاصة، فقد يكون مرهفًا، وقد لا يخاف من شيء! ويرتبط ذلك بالفصيلة وبالأبوين وبالبيئة وبطريقة الإنسان في تربيته.

التعليم

بقليل من الصبر، يستطيع الإنسان تعليم الحصان الاعتياد على أشياء جديدة أو على مواقف تخيفه (مثل عبور جدول أو ركوب شاحنة صغيرة). وكلما تعرَّض الحصان للمستجدات قلَّ خوفه منها. وهو ما يسمَّى «تخفيف حدَّة مشاعره».

التواصل مع الحصان

تُعدُّ الثقة أساسًا للعلاقة مع الحصان. وتُكتسب هذه الثقة في كل يوم وفي كل وقت.

مرحبًا، هذا أنا!

أخطِر الحصان بوصولك. نادِه باسمه، واقترب منه ببطء وأنت مبتسم، ثم راقب ردة فعله.

اللحظات الأولى

اتركه يقترب منك ويشم يديك، فبهذه الطريقة يتعرَّف إليك. داعبه من رقبته أولًا وراقب سلوكه. إذا وجدته مرتاحًا، تابع ملامسته عند الحارك والعرف والجبهة...

ممنوع الدخول

لا تدخل حقلًا تتواجد فيه أحصنة لا تعرفها. وإذا كنت تعرفها، فاحرص على الدخول برفقة مالكها.

الاحترام المتبادل

يزن الحصان 500 كلغ! فحذار أن يدفعك أو يمشي على قدميك أو يقضم يدك لتناول قطعة السكر! وهو في المقابل، يحتاج إليك للحصول على العناية التامة.

احترمه

لا تمتطِ حصانًا أعرج أو مريضًا. اعتن به قبل الركوب وبعده. ولتكن العناية به أولويتك، بعد نزهة طويلة ويوم متعب.

يقابلك بالاحترام

لتنال احترام الحصان، عليك أن تثق بنفسك وبصرامتك وصبرك. كافئه عندما يؤدي عملًا جيدًا.

معلومة مفيدة

إذا أردت التعرف على صحة الحصان، فعليك بمراقبة فضلاته. يجب أن تكون متماسكة وأن يكون لونها بنيًّا أو أخضر في حال كان يرعى العشب. ويجب ألَّا تكون رائحتها سيئة. وتظهر صحة الحصان عبر جلده الجميل، وعينيه المنتبهتين، وأنفه الجاف، وجسمه الخالي من الجروح.

الفصل الثامن
أحصنة الأساطير

على مرِّ العصور، تبوَّأت الأحصنة مكانة عالية عند البشر.

أحصنة الخرافات

القنطور

يتخذ القنطور شكل حصان في جزئه السفلي، وشكل إنسان في جزئه العلوي. ويستمد ميزتي السرعة من الحصان والذكاء من الإنسان. ونجد القنطور الخرافي في التماثيل الإغريقية.

الحصان المجنح

يُحلِّقُ فوق الغيوم ويحمل الرعد والبرق بين قوائمه. تحكي الأسطورة أنه قُدِّم هدية للأمير بيليروفون لمحاربة الوحش شيمير، ذي رأس التنين وذيل وجسد العنزة. وبالفعل امتطى الأمير الشاب الحصان المجنح ونجح في ذلك.

الحصان برأس ثور

استحال ترويض حصان الإسكندر المسمى بوسيفالوس أي «رأس الثور» لأنه كان يخاف من ظلِّه! فخطر ببال الإمبراطور أن يوجهه نحو الشمس كي يتمكن من امتطائه وتحقيق النصر معًا.

المحاربات

تروي الأساطير الإغريقية أن المحاربات الأمازونيات كنَّ دائمًا يحاربن من فوق صهوات أحصنتهن. وكن يركبن الأحصنة من دون سرج.

الحصان العملاق

بحسب الميثولوجيا الإغريقية، شيَّد الجيش الإغريقي حصان طروادة الخشبي الضخم، بمبادرة من أوليس، وقدَّمه هدية إلى سكان طروادة. ولكنه كان فخًّا! فقد اختبأ داخله ثلاثون رجلًا، غزوا المدينة وسيطروا عليها.

ابن التنين والثعبان

كان باستطاعة الحصان «بايارد» أن يطول بحسب عدد فرسانه! وهو ما أتاح لأربعة إخوة ركوبَه معًا. وبحسب الروايات، كان «بايارد» يخدع الموت، وينجو من المخاطر.

الحصان وحيد القرن

لذلك الحصان الأبيض قرن طويل ملتوٍ منتصب وسط جبهته، ولحية صغيرة، وحوافر عنزة، وذيل أسد. وظل الناس، حتى عصر النهضة، يعتقدون بوجوده فعلًا. كان يمثل النقاء في ثقافات عديدة.

الأحصنة الفنَّانة

تقدم تلك الأحصنة عروضها الفنية المختلفة وحدها أو مع فرسانها، وتكون أحيانًا مدربة تدريبًا أكاديميًّا أو متخصصًا في التمثيل.

راقصو عروض بارتاباس

أعاد بارتاباس، ابتكار عروض الأحصنة على مسرح زينجارو. وكان زينجارو حصانًا هولنديًّا (فريزيان) رائعًا أبدع في التمثيل المسرحي، ولعب أدوار «الأشرار». وبعد موته، تمكن بارتاباس من اكتشاف مواهب جديدة بين أحصنة كريولو الأرجنتينية والأحصنة الإسبانية.

ممثلو ماريو لوراسشي

تدرَّبت تلك الأحصنة على المشاركة في أفلام السينما، فأتقنت الوقوع، واجتياز النيران، والوقوف، والجلوس، والعدْو ثم القفز داخل زورق... إنها أحصنة إسبانية أو لوسيتانية (أراضٍ برتغالية وإسبانية حاليًّا).

الأحصنة المدربة أكاديميًّا

تحصل تلك الأحصنة على تدريبها في أكاديميات متخصصة، مثل مدرسة الإطار الأسود في سومور أو مدرسة فيينا. وتُدرَّب وفقًا لمبادئ الفروسية الفرنسية.

الأحصنة الطليقة

تقدم هذه الأحصنة عروض الفروسية دون سرج أو لجام. ويمتطي لورنزو تلك الأحصنة ويقف على ظهورها ويقود 16 حصانًا قافزًا للحواجز. أما فريديريك بينيون فيقود فحوله لتؤدي أي حركة يطلبها هو منها.

أحصنة بأرقام قياسيَّة!

قد تكون صغيرة أو كبيرة جدًّا.
تقفز عاليًا جدًّا أو تركض بعيدًا جدًّا، تعدو بسرعة كبيرة وتعمر طويلًا...
لا شك في أن الأحصنة تسجل أرقامًا قياسية!

الأكبر حجمًا
الحصان الإنجليزي «شاير» هو الأكبر حجمًا. ويتميَّز بجلده الغامق وعلاماته البيضاء وشعره الغزير أسفل قوائمه. يبلغ ارتفاعه 1.81 متر ووزنه ما بين 900 و1000 كلغ.

الأصغر حجمًا
يبلغ ارتفاع الحصان صغير الحجم 82 سم، ووزنه ما بين 30-80 كلغ. وهو أحد 3 أنواع تتزاوج مع أحصنة شتلاند القزمة، وهي: أحصنة فالابيلا الأرجنتينية القزمة، والحصان الإنجليزي القزم، والحصان الأمريكي القزم.

الأسرع
إنه الحصان الإنجليزي الأصيل، ويعدو بسرعة 60 كلم/ ساعة. وقد حقق الرقم القياسي في السرعة الحصان «بيغ راكيت» الذي وصلت سرعته إلى 70 كلم/ ساعة عام 1945.

الأكبر سنًّا
مات الحصان «أولد بيلي» وعمره 62 عامًا! أمَّا الحصان «شوغار باف» حصيلة التزاوج بين نوعي شتلاند وإكسمور، فمات وعمره 56 عامًا. وفي فرنسا عاش الحصان «كامارغي» 47 عامًا.

أكبر مجموعة جرٍّ

في عام 1997، شكل 123 حصانًا في سباق الضاحية الفرنسية أكبر مجموعة جرٍّ متصلة.

القفزة الأعلى

في 5 فبراير 1949، حقق الحصان «هواسو» القفزة الأعلى للحواجز وبلغت 2.47 متر. وكان يمتطيه الكولونيل أليرتو لاراجيبيل.

القفزة الأوسع

8.40 أمتار، هو عرض النهر الذي قفز فوقه الحصان «سامثينغ» يوم 28 أبريل 1975 في جوهانسبورغ (جنوب إفريقيا). وكان على صهوته أندري فريرا.

الرحلة الأطول

16 ألف كيلومتر، هي المسافة التي اجتازها إيمي فيليكس تشيفيلي عام 1925 مع حصانيه من سلالة الكريولو. وقد سار من بوينس أيريس إلى واشنطن.

حاول أن
تجعله أكثر
انحناءً

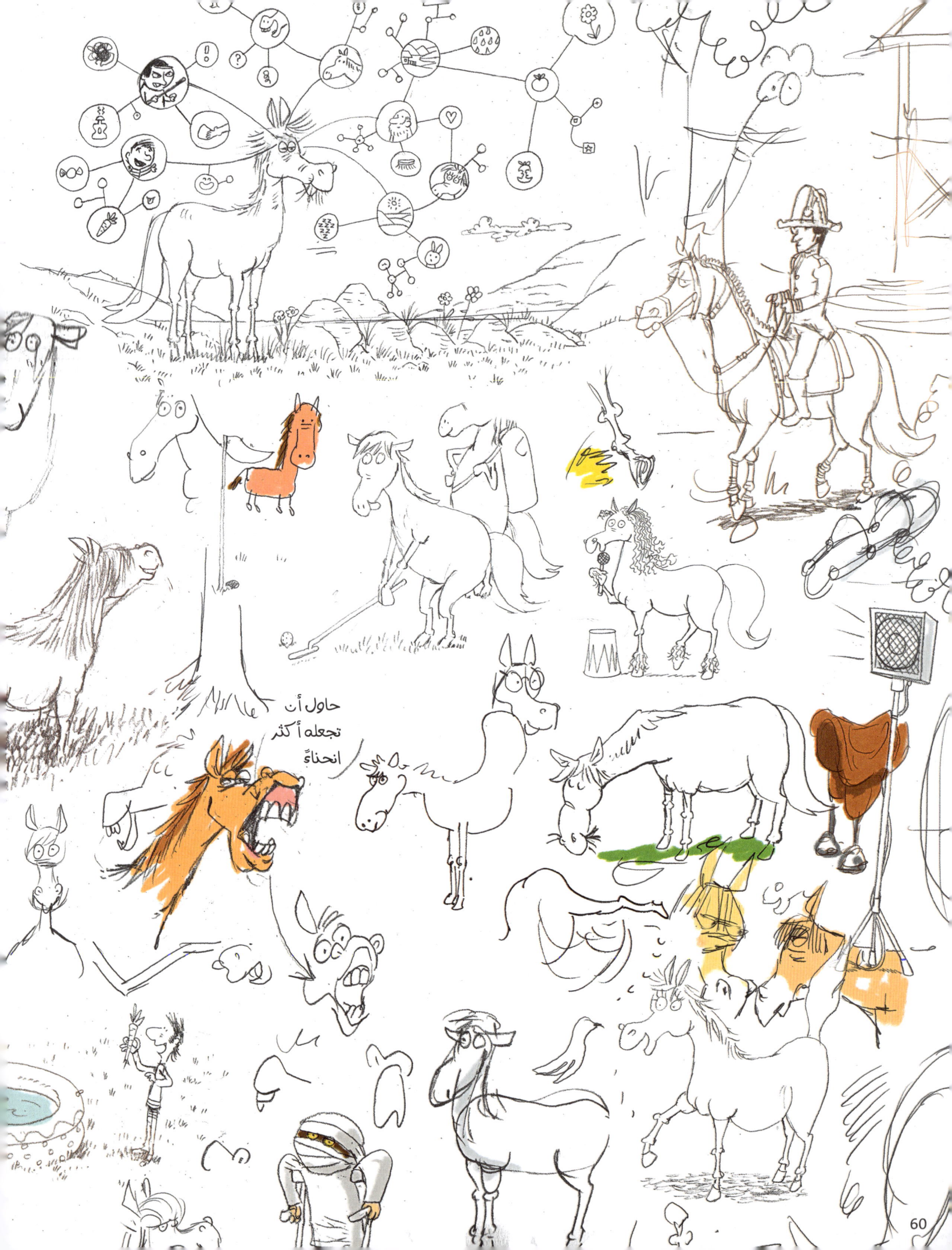